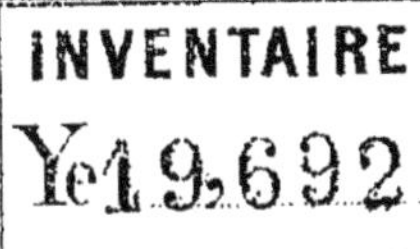

ÉMILE DELAUNAY

ILLUSION

On est heureux du bonheur qu'on espère

PARIS

C. VANIER, LIBRAIRE DE L'UNION DES POÈTES

RUE D'ENGHIEN, 12.

1858

ILLUSION

ÉMILE DELAUNAY

ILLUSION

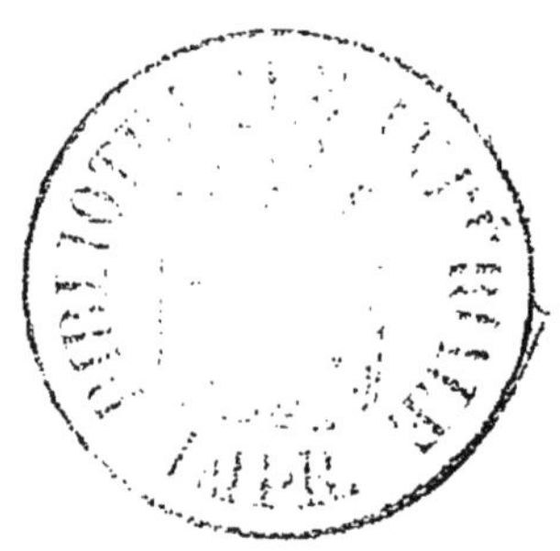

On est heureux du bonheur qu'on espère.

PARIS

C. VANIER, LIBRAIRE DE L'UNION DES POÈTES
RUE D'ENGHIEN, 12.

1858

ILLUSION

ENVOI

Mademoiselle,

Il ne m'est pas permis de m'abandonner avec vous
à mes pensées et aux mouvements de mon cœur, mais
ceux qui ont eu le bonheur de vous voir et qui
liront ces poésies, devineront sans peine le senti-
ment qui me les a inspirées.

Je ne puis non plus vous exprimer l'impatience
que j'ai d'avoir de vos nouvelles (bien que ce soit la

chose du monde que je souhaite présentement le plus pour la tranquillité de mon âme), ni vous prier de me faire savoir ce que vous pensez de moi ; mais il vous plaira peut-être de parler de ce livre à ceux qui vivent dans le charme de votre intimité, et il m'en reviendra toujours quelque chose.

Je ne peux supporter la pensée qu'il est possible que je ne vous revoie jamais ; et, encore qu'elle me fasse mourir de peur, je n'ose vous prier de m'en guérir, ou du moins de m'en distraire, tant je crains que votre réponse ne me fasse regretter mon incertitude.

Ce qui est vrai, c'est que l'on me voit bien moins souvent à mon bureau que dans le bois de Boulogne, où j'erre, comme une âme en peine, dans les allées qui, avec votre famille, nous ont vu passer tous les deux.

J'ai eu dans ces promenades, au coucher du soleil, des moments de mélancolie si avantageux pour votre gloire, que je me serais toujours reproché mon ingratitude envers vous si je n'avais écrit ce petit poëme, où, — soit dit entre nous, — vous êtes comparée quelque part à la fleur des champs, à cause de votre beauté et de votre fraîcheur.

Votre souvenir n'était-il pas ma muse, aurais-je pu, si je ne vous avais rencontrée, entrevoir un instant tout ce que l'existence peut donner de joie à ceux qui vivent entre une femme aimée et un enfant, cu de tristesse à ceux que leur destinée condamnent, parce qu'ils sont fiers, à vivre toujours seuls.

E. D.

Juin 1858.

ILLUSION

ILLUSION

～⚬～

Les fleurs abandonnaient aux brises caressantes
Leurs délicats parfums et leurs grâces naissantes ;
Le printemps souriait dans les prés et les bois,
La nature muette avait repris sa voix ;
L'air s'égayait au vol des promptes hirondelles,
Et les nids retrouvaient tous leurs hôtes fidèles.

Dans l'âme pénétrait une molle langueur ;

Pensive la jeunesse a senti dans son cœur

Naître les rêves d'or des premières années,

Fleurs que l'hiver de l'âge aura bientôt fanées.

La plaine répandait ses parfums enivrants ;

Le ciel se reflétait dans les flots transparents.

Or, le soir, épandant sa lumière ondoyante,

Des arbres éclairait la cime verdoyante,

Et brillait dans ce bois, rendez-vous enchanté,

Où l'art à la nature emprunte sa beauté :

Capricieux détours, fuyantes promenades,

Rochers sombres, bruit sourd des penchantes cascades

Où Paris, amoureux d'air et de liberté,

Vient respirer le soir les brises de l'été.

Déjà la nuit tombait ; et dans les taillis sombres,

Des couples attardés passaient comme des ombres ;

Les chars au vol léger sur le sable roulaient,
Et leurs mobiles feux dans les arbres tremblaient.
Mais du *Pré-Catelan* la musique lointaine
Dans l'air harmonieux expirait incertaine :
Ineffables accords, doux soupirs, légers bruits
Qu'on ne peut définir! —L'âme —pendant les nuits
Où la terre soupire, en sa fraîcheur première,
Dans les lilas fleuris, sa chanson printanière;
Où la lune paisible argente les buissons,
Où le pied tout joyeux marche sur les gazons
Et parmi les genêts dont la senteur enivre, —
L'âme est heureuse alors du seul bonheur de vivre.

Cependant sur le lac, uni comme un miroir,
Se reflètent déjà les étoiles du soir,
Et sur ces belles eaux qu'aucun souffle ne ride,
Silencieuse glisse une barque rapide,
Où, respirant le frais, sont assis sur les bancs,
Un vieillard et sa femme, avec deux jeunes gens;

L'un est un orphelin, ami de la famille,

Peut-être un prétendu ; pour l'autre, c'est leur fille.

Elle a vingt ans, elle est plus fraîche que les eaux

Qui coulent sous les bois et parmi les roseaux,

Et ses dents, à travers sa bouche demi-close,

Sont des gouttes de lait dans le sein d'une rose.

Que son sourire est doux et son front délicat !

Par ses longs cils voilés, ses grands yeux ont l'éclat

D'un rayon du matin qui traverse un nuage.

Nulle ombre n'obscurcit son radieux visage ;

La pudeur embellit sa naissante beauté ;

L'onde en sa transparence et sa limpidité,

Telle est son âme pure, où fleurit la jeunesse.

Sa voix pénètre au cœur ainsi qu'une caresse ;

Ses sourcils sont plus noirs que l'ébène. — On dirait

Deux corbeaux sur la neige ! — O le charmant portrait !

O la douce figure, où la candeur se joue !

Le ciel est dans son cœur, le printemps sur sa joue !

Des purs ravissements le trouble merveilleux
Qui pénètre en son sein se trahit dans ses yeux...
Sous le bouton discret qui la dérobe encore,
On devine la fleur qui va bientôt éclore ;
Car déjà son parfum, dans la feuille enfermé,
S'échappe et se révèle à l'odorat charmé ;
Ainsi cette jeune âme, avant qu'elle ne s'ouvre,
Se dévoile à travers le secret qui la couvre,
Et répand autour d'elle une suave odeur,
Au moment de briller dans toute sa splendeur.

Or, elle était pensive, et sa molle attitude
Révélait de son cœur la douce quiétude ;
Et, tandis que les pins, agités par le vent,
Chantaient, sa douce voix murmurait vaguement :

« Oh ! que la vie est un beau songe !
Un songe que j'aime à rêver !

S'il est vrai qu'il doit s'achever,
Faites, Seigneur, qu'il se prolonge !

Dès que le jour luit sur les champs,
Que la terre est heureuse et belle !
Moi, je suis heureuse comme elle,
Et mon âme est pleine de chants.

Que j'aime les nuits étoilées,
Les bois où gémissent les pins,
Les chemins creux et les ravins
Où fleurissent les *giroflées !*

Que j'aime les soleils couchants
Glissant sur l'herbe des allées,
Et, dans les ombreuses vallées,
Les grands bœufs aux pieds nonchalants.

Que j'aime les étangs tranquilles,
Leurs nénuphars et leurs roseaux
Et l'eau courante des ruisseaux
Où tremblent les feuilles mobiles !

Que j'aime les plaintives voix
Des cantilènes de l'automne,
Les fleurs que le printemps nous donne,
Ce que j'entends, ce que je vois.

Que j'aime tout ce qui respire,
Tout ce qui vole dans les airs,
Tout ce qui vit dans les flots clairs,
Tout ce qui murmure et soupire !

Tout charme mon jeune destin !
Pour moi la vie est une fête,

Et les jours passent sur ma tête,
Pareils au vent frais du matin.

Pourtant, il est parfois une heure
Où la tristesse vient à moi ;
Rêveuse, je ne sais pourquoi,
Pourquoi je soupire et je pleure. »

La jeune fille ainsi par la muse bercée,
Chantait.—Mais le jeune homme a compris sa pensée :
Il garde le silence, il n'ose pas troubler
Son rêve, et par les yeux semble ainsi lui parler :

Tu demandes pourquoi ce matin, si rieuse,
Ce soir ton âme, enfant, est triste et sérieuse ;
Pourquoi tu ne vois pas clair en ton jeune cœur ?
Dieu seul le sait ! — Il est dans les bois une fleur

Qui, pour s'épanouir à l'aurore vermeille,

Chaste et craintive attend les baisers de l'abeille.

Cette fleur, c'est toi-même. — O fête de mes yeux !

La Nature t'invite à son festin joyeux ;

Une neige odorante a couvert la colline,

L'air embaumé du soir caresse l'églantine ;

On entend dans les bois le rossignol chanteur,

Une brise d'amour a passé dans ton cœur ;

Ouvre donc de ton sein, ouvre les portes closes ;

Au printemps tout fleurit, les âmes et les roses !

Or, lui-même d'aimer est avide. En son cœur,

Harmonieux, s'élève un chant intérieur.

« Hélas ! dois-je toujours, morose et solitaire,

Poursuivre mon chemin ?

Ne trouverai-je point un amour sur la terre,

Qui me tende la main ?

Je vois s'évanouir les jours de ma jeunesse,
Et je n'ai point aimé !
Qui connaîtra jamais le parfum de tendresse
Dans mon cœur enfermé ?

A la fleur qui languit et se fane dans l'ombre
Pourquoi suis-je pareil ?
Ne viendra-t-il jamais briller dans ma nuit sombre
Un rayon de soleil !

Comme le voyageur au seuil d'une chaumière
S'arrête et vient s'asseoir,
Ainsi mon âme attend qu'une âme hospitalière
Veuille la recevoir.

Malheur à qui vit seul ! — Quand la triste vieillesse
Vient habiter son toit,

L'ennui morne le ronge, et le bonheur délaisse
Son foyer vide et froid.

Regagnant sa maison — lorsque sur la campagne
Descend l'ombre des bois —
Triste, il ne verra pas sa légère compagne
Accourir à sa voix.

S'il s'éveille la nuit, écoutant de l'orage
Les vents au loin gémir,
Sur l'oreiller voit-il un gracieux visage
Auprès de lui dormir ?

D'un enfant au berceau la parole naïve
Ne le charmera pas ;
Sur l'herbe pourra-t-il de sa marche craintive
Suivre les premiers pas ?

Il ne le verra point joindre à ses destinées
Son fécond avenir,
Et ne sentira pas ses dernières années
Par lui se rajeunir.

Que lui servent les dons que la richesse envoie
S'il doit seul en jouir;
Si nul auprès de lui ne partage sa joie,
Prompte à s'évanouir ?

Malheur à qui vit seul ! — Sa douleur est amère
Et lente à s'effacer ;
Mais la souffrance à deux est une ombre légère
Qui ne fait que passer !

Hélas ! dois-je toujours, morose et solitaire,
Poursuivre mon chemin ?

Ne trouverai-je point un amour sur la terre,
    Qui me tende la main ? »

Tels étaient leurs pensers ; ces âmes fraternelles
S'entendaient sans parler, et, conversant entre elles,
Dans un monde idéal ensemble s'envolaient.
Les heures, cependant rapides, s'écoulaient.
Quand la barque aborda sur la rive déserte,
Des ombres de la nuit la terre était couverte.
Plus de voix ni de pas ; le murmure des eaux
Se mêlait seulement aux soupirs des roseaux.

Ils descendent, la lune, à travers le nuage,
Verse un pâle rayon sur le sombre rivage ;
La jeune fille voit près des flots assoupis,
Sur le gazon briller de bleus myosotis,
Et ses mains aussitôt vers la terre abaissées,
Ceuillent ces humbles fleurs des fidèles pensées ;

Ces fleurs qui des absents gardent le souvenir,

Et que l'on donne à ceux qui doivent revenir.

Un équipage attend ; près de lui l'on s'arrête,

Et déjà la famille à repartir est prête ;

On se parle un instant ; c'est l'heure des adieux.

Le jeune homme, inquiet, sollicite des yeux

Un regard, un sourire, un geste, une espérance

Qui le consolera des ennuis de l'absence.

Peut-être elle a compris son vœu chaste et discret ;

Peut-être voudrait-elle adoucir son regret.

Elle n'ose et rougit, et, pour cacher sa honte,

D'un pied prompt et léger dans la voiture monte.

La roue a fait crier le sable du chemin.

Bonheur inespéré ! Tout à coup une main

Furtive jette à terre — aveu doux et timide —

Des frais myosotis le bouquet tout humide ;

Il le prend, il le porte à sa lèvre, et, joyeux,
Suit le char, qui bientôt disparait à ses yeux.

Trois ans sont écoulés. — La changeante nature
Se dépouille déjà de sa verte parure ;
Plus de fleurs dans les prés, plus de chants dans les nids ;
Le soleil vient mourir sur les arbres jaunis ;
Une lumière pâle et de langueur voilée,
Pénètre dans les bois. Le vent, dans la vallée,
Roule la feuille sèche et courbe le gazon ;
De légères vapeurs montent à l'horizon.

Un jeune homme pensif s'assied sur le rivage ;
Une lente tristesse assombrit son visage.
Près du lac, chaque soir, on le voit revenir ;
C'est là que son cœur aime à se ressouvenir.

Tout lui plait sur ces bords, où tout lui parle d'Elle ;
Tout retrace à ses yeux son image fidèle.
Depuis cet heureux jour qu'il a versé des pleurs !
Il se plaint en ces mots de ses longues douleurs...

« O chastes souvenirs! parfums de ma jeunesse !
Beaux rêves ! longs espoirs ! —Vous qui de ma tristesse
     Apaisez la douleur.
Comme on voit sur la plaine humide et reposée
Descendre en perles d'or la brillante rosée,
     Descendez dans mon cœur.

Le printemps renaissait.—Comme une jeune épouse
Dans son lit nuptial, la terre était jalouse
     De ses charmes naissants ;
Dans leurs nids les oiseaux languissaient de tendresse ;
Mon âme était en fleur, le vin de la jeunesse
     Fermentait dans mes sens.

Maintenant le soleil par degrés t'abandonne,
O terre ! et cependant, sous le deuil de l'automne,
Tu n'es pas sans beauté.
Ainsi, malgré les pleurs versés sur ton absence,
O ma belle oublieuse ! — un rayon d'espérance
Dans mon cœur est resté.

Sans doute un autre époux possède ta jeunesse ! —
Hélas ! — As-tu sitôt de ta sainte promesse
Perdu le souvenir ?
Qu'ai-je fait contre toi ? Dis, quelle voix m'accuse ?
Pourquoi suis-je oublié ? Quelle est donc ton excuse
Pour ne pas revenir ?

Que de fois, mes amis, troupe heureuse et frivole,
M'ont dit : —« De ta jeunesse, avant qu'èlle s'envole,
« Hâte-toi de jouir ;
» Cherche en d'autres amours des plaisirs moins sévères,
» Et tu verras bientôt, au bruit joyeux des verres,
» Ta souffrance s'enfuir. »

» Et moi, j'ai répondu : —« Non ! jamais son visage

» Ne pourra s'effacer de mes yeux ! — Douce image

» Que partout je revois ! —

» Est-il aucune grâce à la sienne pareille !

» Pour charmer à la fois mon âme et mon oreille

» Est-il une autre voix ? »

» Et les sages m'ont dit : — «Interroge les mondes,

» Poursuis un grand labeur, et des choses profondes

» Pénètre les secrets ;

» Que la science soit ta seule inquiétude ;

» Oublieux de l'amour, étouffe dans l'étude

» Ta plainte et tes regrets. »

» Et moi j'ai répondu : — «Qu'importe le problème

» De ce vaste univers ! — Revoir celle que j'aime

» Est pour moi le seul bien.

» De vos mystères vains je ne veux pas m'instruire;

» Je voudrais dans mon cœur qu'un cœur aimé pût lire
» Et lire dans le sien. »

Des voyageurs m'ont dit : — «Sous d'autres latitudes
» Suis-nous, et laisse errer parmi les solitudes
» Tes pas capricieux.
» Vois les climats divers, les océans, les îles:
» Le spectacle mouvant des peuples et des villes
» Désennuîra tes yeux. »

Et moi j'ai répondu : — « Je ne veux pas connaître
» D'autre terre que celle où le sort m'a fait naître :
Ni changer d'horizon ;
Je veux vivre et mourir près de ma bien-aimée :
» Je veux voir le matin s'élever la fumée
» De sa blanche maison. »

Comme il chantait ainsi l'hymne de ses douleurs,
A sa lèvre pàlie il portait quelques fleurs...

Mais il voit sur le lac glisser une nacelle ;

Il s'élance, il accourt.—Dieu !—Que voit-il ?—C'est Elle !

Impatient, il veut l'entendre, lui parler ;

(Loin de lui, que la barque est prompte à s'envoler !)

Tout à coup il s'arrête, il pâlit, sa main tremble ;

Un long frémissement le saisit, il lui semble —

Hélas—que tout près d'elle un jeune homme est assis ;

Un doute a pénétré dans son cœur indécis ;

C'est son époux, peut-être ?—Elle chante, il écoute,

Et ce chant du bonheur vient dissiper son doute.

« Parfois l'agile hirondelle,

De son aile

Vient raser l'herbe du sol ;

Ainsi, l'heure passagère

Et légère

M'effleure à peine en son vol !

Parfois les vents sans haleine
De la plaine
Ne courbent point les épis;
Tels sont mes jours insensibles
Et paisibles,
Dans le bonheur assoupis.

» O temps, ô fuyante source,
Dans ta course
Pourquoi te précipiter ?
Ah ! pour notre âme qui ploie
Sous la joie,
Si tu pouvais t'arrêter !

« Mais en vain ma voix l'implore;
Il dévore
Nos éphémères moments ;
Du moins, jamais ne sépare,

Temps avare,
Nos destins courts et charmants.

Mon enfance insoucieuse
Et joyeuse
Croyait goûter le bonheur ;
Je sais combien j'étais folle
Et frivole,
Et je ris de mon erreur.

Aimer, tel est le mystère
De la terre,
Telle est la loi de nos jours ;
Aimer, c'est le bien suprême,
Et moi, j'aime ;
Moi, je veux aimer toujours !...

Ainsi chante la voix, et la prompte nacelle
Au loin fuit, emportant l'espérance avec elle ;
Le pauvre délaissé la suit longtemps des yeux ;
Le voilà retranché du nombre des heureux !
Il regagne en pleurant son foyer solitaire ;
Nul bonheur désormais ne l'attend sur la terre !

Paris. Typographie d'Émile Allard, 14, rue d'Enghien.